A·DOG·DAY

BY
WALTER
EMANUEL
PICTURED·BY
CECIL
ALDIN

Published by R.H.Russell. New York. 1902.

동물에게 받은 사랑, 반드시 돌려주어야 한다.
사람이 동물을 사랑한다고 말하지만,
사실은 동물이 사람에게
더 많은 사랑을 베푼다는 것을 알아야 한다.

– 세실 앨딘

A Dog Day

or

The Angel in the House

by

Walter Emanuel

Pictured

by

Cecil Aldin

Published by R.H. Russell. New York. 1902.

월터 이매뉴얼(Walter Lewis Emanuel, 1869~1915)

영국의 작가이자 변호사. 주로 『나비』The Butterfly라는 유머 잡지에 작품을 기고했으며, 이 책이 그의 첫 번째 동화이다.

세실 앨딘(Cecil Charles Windsor Aldin, 1870~1935)

영국의 화가이자 일러스트 작가. 초기에는 유명한 삽화가 랜돌프 콜더컷Randolph Caldecott과 존 리치John Leech의 영향을 크게 받았으며, 『말썽꾸러기 불도그의 모험』(1905)과 같이 주로 동물과 스포츠, 전원생활을 주제로 삼았다. 스포츠와 사냥을 즐겨해 여우사냥개의 책임자로도 유명하여 『사냥터의 저녁식사』 등 사냥에 관한 그림들을 많이 그렸으며, 찰스 디킨스의 『피크위크 클럽』 제2권과 워싱턴 어빙의 『크리스마스』 등의 작품에 삽화를 그리기도 했다.

김대웅

전주에서 태어나 전주고등학교와 한국외국어대학교 독일어과를 나와 민예총 국제교류국장, 문예진흥원 심의위원, 영상물등급위원회 심의위원, 충무아트홀 갤러리 자문위원 등을 지냈다. 저서로 '알아두면 잘난 척' 시리즈인 『최초의 것들』(2021년 '세종도서' 선정), 『신화와 성서에서 유래한 영어표현사전』, 『영어잡학사전』을 비롯하여 『커피를 마시는 도시』, 『그리스 신화 속 7여신이 알려주는 나의 미래』, 『제대로 알면 더 재미있는 인문교양 174』 등이 있고, 편역서로 『배꼽티를 입은 문화』, 『헨드릭 반 룬의 세계사 여행』, 『일리아스·오디세이아』, 번역서로는 『동물이 인간으로 보인다』, 『여신들로 본 그리스·로마 신화』, 『상식과 교양으로 읽는 영어 이야기』, 『나중에 온 이 사람에게도』, 『레오나르도 다빈치』, 『그리스·로마신화보다 재미있는 플루타르코스 영웅전』(공역), 『라틴어 격언집』(공역) 등이 있으며, 번역동화로는 『나는 곰이란 말이에요』, 『터키 전래동화집』, 『세렌디피티의 왕자들』이 있다.

어느
강아지의
하루

어느 강아지의 하루

초판 1쇄 인쇄 · 2022년 9월 10일
초판 1쇄 발행 · 2022년 9월 15일

지은이 · 월터 이매뉴얼
그린이 · 세실 앨딘
옮긴이 · 김대웅
펴낸이 · 이춘원
펴낸곳 · 책이있는마을
기　획 · 강영길
편　집 · 이경미
디자인 · 블루
마케팅 · 강영길

주　소 · 경기도 고양시 일산동구 무궁화로120번길 40-14(정발산동)
전　화 · (031) 911-8017
팩　스 · (031) 911-8018
이메일 · bookvillagekr@hanmail.net
등록일 · 2005년 4월 20일
등록번호 · 제2014-000024호

ISBN 978-89-5639-348-3(03840)

어느 강아지의 하루

A · Dog · Day

월터 이매뉴얼 지음
세실 앨딘 그림
김대웅 옮김

강아지를 좋아하는 W. W. 제이콥스에게
이 책을 바칩니다.

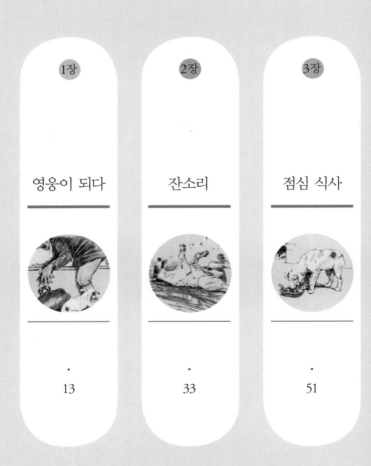

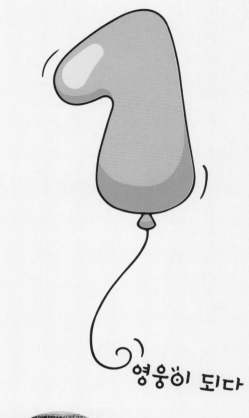

영웅이 되다

오전

7:00
휴식을 방해받은 탓에 평소보다 컨디션이
안 좋은 상태로 잠에서 깨어났다.
기지개를 켤 힘조차 없었다.
바로 이런 일 때문이었다.

A.M.7
Woke up feeling rather below par,
owing to disturbed rest.
Hardly enough energy to stretch myself.

한밤중에 가방을 든 어떤 수상한 남자가
아주 조용히 부엌 창가를 넘어왔다.
나는 금세 그와 친구가 되었다.
그는 나에게 친절을 베풀었고
나도 그를 친절하게 대해주었다.

In the middle of the night
a strange man came in by the kitchen window,
very quietly, with a bag.
I chummed up to him at once.
He was nice to me,
and I was nice to him.

그는 내 발이 닿지 못하는 곳에
고기 한 덩어리를 던져주었다.
내가 고기에 정신 팔려 있는 동안,
그는 부랴부랴 은으로 만든 집기들을 잔뜩 챙겨
가방 안에 집어넣었다.

He got me down a piece of meat
that I could not reach myself.
While I was engaged on this,
he took a whole lot of silver things
and put them into the bag.

그러고는 그 못된 놈이 도망갈 때
그만 내 발을 밟는 바람에
나는 아픔을 참지 못해 비명을 지르고 말았다.
(지금 생각하면 그건 우연이었다.)
나는 그를 있는 힘껏 물었다.

Then, as he was leaving,
the brute — I believe, now,
it was an accident — trod on my toe,
making me yelp with pain.
I bit him heartily,

그러자 그는 가방을 내동댕이치고
창문을 넘어 허겁지겁 달아나버렸다.
내 비명 소리가 온 집안 식구들을 깨웠고,
이윽고 브라운 할아버지와
브라운 아저씨가 달려왔다.

and he dropped his bag,
and scurried off through the window again.
My yelping soon woke up the whole house,
and, in a very short time,
old Mr. Brown and young Mr. Brown appear.

그들은 은으로 만든 집기들이
가득 들어 있는 가방을 발견했다.
그러더니 내가 집을 지켰다며
나를 두고 한참이나 야단법석을 떨었다.
나는 엉겁결에 영웅이 되고 말았다.

They at once spot the bag of silver.
They then declare I have saved the house,
and make no end of fuss with me.
I am a hero.

얼마 후 브라운 아가씨가 내려오더니
나를 쓰다듬어 주면서 입을 맞추었고,
내 목에 분홍색 리본을 달아 나를 바보처럼 보이게 만들었다.
도대체 리본이 무슨 소용이람?

Later on Miss Brown came down
and fondled me lots,
and kissed me,
and tied a piece of pink ribbon round my neck,
and made me look a fool.
What's the good of ribbon,
I should like to know?

정말이지 그건 세상에서
가장 불쾌한 맛이 나는 물건이다.

It's the most beastly tasting
stuff there ever was.

8:30

입맛이 없어 겨우 아침 식사를 마쳤다.

8:35

새끼 고양이 밥을 뺏어 먹었다.

8:30.

Ate breakfast with difficulty. Have no appetite.

8:35.

Ate kittens' breakfast.

8:36.

그러자 새끼 고양이의 엄마가 한판 붙자고 한다.

하지만 난 고양이 곁을 모른 체하고 지나쳐버렸다.

그 겁쟁이가 정정당당하게 싸우지 않고

발톱을 쓰려고 했기 때문이다.

8:36.

An affair with the cat (the kittens' mother).

But I soon leave her,

as the coward does not fight fair,

using claws.

9:00.
가사 도우미 메리가 나를 씻겨주었다.
정말이지 너무 싫다.
나를 욕조에 처박아 넣고는
거품을 푼 더러운 물로 입이며 꼬리며
이곳저곳을 문질러댔다.

9:0.
Washed by Mary.
A hateful business.
Put into a tub,
and rubbed all over — mouth, tail,
and everywhere — with
filthy soapy water,

그 사이 기분 나쁜 고양이가

눈을 깔고 날 째려보며 비웃고 있었다.

그 말썽꾸러기가 왜 그렇게 자만심에 차 있는지

도무지 알 수가 없다.

자기야말로 좀 씻을 필요가

있을 텐데 말이야.

that loathsome cat looking on all the while,

and sneering in her dashed superior way.

I don't know, I am sure,

why the hussy should be so conceited.

She has to clean herself.

나는 목욕을 시켜주는 하인이
있음에도 불구하고 때로는 내가 검은 개였으면
좋겠다고 생각을 해본다.
그런 개들은 자주 씻지 않아도
될 테니 말이다.

I keep a servant to clean me.

At the same time I often wish I was a black dog.

They keep clean so much longer.

내 흰 털에는 약간의 손자국만 나도
너무 티가 난다.
요리사가 쓰다듬고 난 후에
내 모습은 더욱 볼만하다.

Every finger-mark shows up
so frightfully on the white part of me.
I am a sight after Cook has been
stroking me.

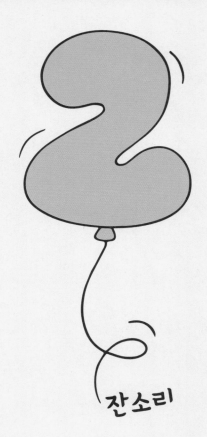

잔소리

9:30.

깨끗이 씻은 내 모습을 가족들에게 보여주었다.

모두들 나에게 아주 잘 대해주었다.

마치 입성식 같았다.

그 낯선 남자와의 사건 이후로 나는 정말이지

엄청나게 많은 칭찬을 들었다.

9:30.

Showed myself in my washed state to the family.

All very nice to me.

Quite a triumphal entry,

in fact. It is simply wonderful the amount

of kudos I've got from that incident with the man.

(내가 비교적 좋아하는) 브라운 아가씨는
특히나 열성적이었다.

Miss Brown (whom I rather like)
particularly enthusiastic.

나에게 입 맞추고 또 입 맞추면서,
나를 "사랑스럽고, 깨끗하고, 용감하고, 향기롭고
귀여운 강아지"라고 불렀다.

Kissed me again and again,
and called me "a dear, clean, brave,
sweet-smelling little doggie."

9:40.

나는 현관문으로 손님이 들어오는
틈을 타서 밖으로 뛰어나가
진흙탕에서 아주 신나게 뒹굴었다.
이제야 좀 예전의 내 모습을
되찾은 것 같았다.

9:40.

While a visitor was being let
in at the front-door I rushed out,
and had the most glorious roll in the mud.
Felt more like my old self then.

9:45.

가족들 앞에 다시 나타났다.

진흙투성이가 된 내 모습을 보더니

그들은 공포에 질려 소리를 질렀다.

하지만 나는 (낯선 남자를 내쫓은!) 영웅이니까

오늘은 나에게 잔소리를 하지 말자는 데

다들 동의했다.

9:45.

Visited the family again.

Shrieks of horror on seeing me caked in mud.

But all agreed that I was not to be scolded

to-day as I was a hero

(over the man!).

단 고양이에게는 더없이 잘해주면서
항상 나한테는 괜히 매정하게 대하는
브라운 아줌마는 예외였다.
아줌마는 "끔찍한 놈"이라면서 불필요할 정도로
나를 혼냈다.

All, that is, except Aunt Brown,
whose hand, for some reason or other,
is always against me — though nothing is too
good for the cat. She stigmatised me,
quite gratuitously, as "a horrid fellow."

9:50.

기발한 생각이 떠올랐다!

나는 위층으로 뛰어 올라가 아줌마의 침대에 올라가

구르고 또 굴렀다.

하느님 감사합니다.

진흙이 여전히 축축했다!

9:50.

Glorious thought!

Rushed upstairs and rolled over and

over on the old maid's bed.

Thank Heaven,

the mud was still wet!

10:00~10:15.

꼬리를 흔들어보았다.

10 to 10:15.

Wagged tail.

10:16.

부엌으로 내려갔다.

요리사가 부대 행렬을 구경하는 동안

나는 고기 토막을 가지고 놀며

한 입씩 크게 베어 물었다.

10:16.

Down into kitchen.

While Cook is watching regiment pass,

I play with chops,

and bite big bits out of them.

그날 군인들이 지나가는 모습을
너무 많이 본 탓에 기분이 언짢아진 요리사는
그런 나를 알아채지 못한 채
고기 요리를 계속했다.

Cook, who is quite upset for the day
by seeing so many soldiers,
continues to cook the chops
without noticing.

10:20~

깜빡 잠이 들어버렸다.

10:20 to ...

Dozed.

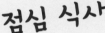

점심 식사

<u>오후</u>

1:15.

고양이의 밥을 뺏어 먹었다.

1:15.

Ate kittens' dinner.

1:20.

사나운 고양이 아줌마에게 또 기습을 받았다.

그 아줌마가 내 뒷다리를 할퀴었지만

나는 대꾸도 하지 않았다.

나중에 그 고양이 아줌마의 새끼들을

괴롭혀주면 되니까.

두고 보자.

1:20.

Attacked by beast of cat again.

She scratched my hind-leg,

and at that I refused to go on.

Mem.: to take it out

of her kittens later.

1:25.

위층 식당으로 올라갔다.

가족들은 아직 점심 식사 중이었다.

브라운 아저씨가 내 쪽으로 던진 빵 조각에 코를 맞았다.

모욕이다.

하지만 난 그 모욕을 꾹 참았다.

그리고 곧장 브라운 아가씨에게 다가가

간절한 눈빛으로 바라보았다.

1:25.

Upstairs into dining-room.

Family not finished lunch yet.

Young Mr. Brown throws a bread pellet at me,

hitting me on the nozzle. An insult.

I swallow the insult.

Then I go up to Miss Brown and look at her

with my great pleading eyes.

거부할 수 없겠지.

그녀가 나에게 푸딩을 조금 덜어주었다.

브라운 아줌마는 그러지 말라고 했다.

그러자 브라운 아가씨가 엄청난 용기를 내서

상관하지 말라고 대꾸했다.

나는 그녀가 점점 더 좋아진다.

I guessed it: they are irresistible.

She gives me a piece of pudding.

Aunt Brown tells her she shouldn't.

At which, with great pluck,

Miss Brown tells her to mind her own business.

I admire that girl more and more.

1:30.

뜻밖의 횡재다.

마요네즈를 곁들인 생선 요리 접시가

통째로 복도에 놓여 있다.

나는 눈 깜짝할 사이에

그것을 먹어치워 버렸다.

1:30.

A windfall.

A whole dish of mayonnaise fish

on the slab in the hall.

Before you can say

Jack Robinson

I have bolted it.

1:32.

아랫배가 이상하게 살살 아파온다.

1:32.

Curious pains in my underneath.

1:33.

아랫배 통증이 더욱 심해졌다.

1:34.

너무나 아픈 느낌이 들었다.

1:33.

Pains in my underneath get worse.

1:34.

Horrid feeling of sickness.

1:35.

브라운 아줌마 방으로 올라갔다.

거기가 최고다.

1:35.

Rush up into Aunt Brown's room,

and am sick there.

1:37.

좀 나아졌다.

조심하면 괜찮아질 것 같다.

1:40.

거의 다 나은 것 같다.

1:37.

Better.

Think I shall pull through if I am careful.

1:40.

Almost well again.

1:41.

꽤 괜찮아졌다. 하느님 감사합니다!

그때는 거의 죽을 뻔했다.

사람들이 그런 음식을 아무 데나 방치하면

안 되는 건데.

1:41.

Quite well again. Thank Heavens!

It was a narrow shave that time.

People ought not to leave

such stuff about.

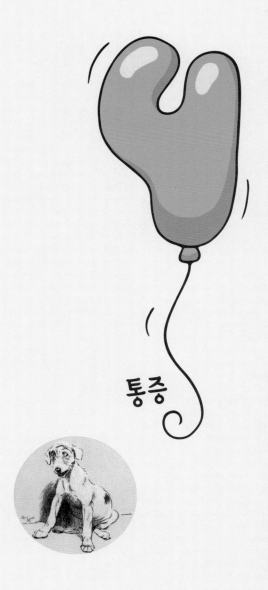

통증

1:42.

식당으로 올라갔다.

내가 괜찮다는 걸 보여주기 위해

꼬리로 방향을 바꾸며

방 안을 전속력으로 스무 바퀴쯤 돌았다.

그리고 마지막 피날레를 장식하기 위해,

1:42.

Up into dining-room.

And, to show how well I am,

I gallumph round and round the room,

at full pelt, about twenty times,

steering myself by my tail.

Then, as a grand finale,

안락의자에 앉아 한가롭게 자고 있던
브라운 할아버지의 조끼 위로 두 번 점프했다.
당연히 할아버지는 아주 화가 난 채로
잠에서 깨어나 여태껏 내가 들어보지 못한
욕설들을 퍼부었다.

I jump twice on to the waistcoat-part
of old Mr. Brown,
who is sleeping peacefully in the arm-chair.
He wakes up very angry indeed,
and uses words
I have never heard before.

그런데 너무나 놀랍게도
브라운 아가씨마저
내가 한참 잘못한 거라고 꾸짖는 게 아닌가.
브라운 할아버지는 나를 혼내줘야 한다며
브라운 아가씨에게
나를 때려주라고 시켰다.

Even Miss Brown,
to my no little surprise,
says it is very naughty of me.
Old Mr. Brown insists on
my being punished,
and orders Miss Brown to beat me.

그러자 브라운 아가씨는
내가 온 힘을 다해 도망치게 했다.
하지만 소용이 없었다.
금방 잡혔으니까.
도대체 브라운 할아버지는
제정신이 아닌가 보다!

Miss Brown runs the burglar
for all he is worth.
But no good.
Old Mr. Brown is dead
to all decent feeling!

브라운 아가씨에게 잡힌 나는 맞고야 말았다.
하지만 기분이 너무 좋았다. 완전히 즐거웠다.
그냥 쓰다듬는 것 같았기 때문이었다.
물론 나는 슬픈 눈을 한 채 엄청나게 아픈 척하며
비명을 질렀고,
아가씨는 때리던 걸 멈추고 나를
옆방으로 데려가서
설탕 여섯 조각을을 주었다!

So Miss Brown beats me.
Very nice. Thoroughly enjoyable.
Just like being patted.
But, of course, I yelp, and pretend it hurts frightfully,
and do the sad-eye business,
and she soon leaves off and takes me
into the next room and gives me
six pieces of sugar!

잘됐다.

이렇게 하면 모든 게 잘된다는 걸 항상 기억해야 한다.

방에서 나가기 전에 아가씨는 나에게 뽀뽀를 해준 다음

차분히 설명해주었다. 가엾은 할아버지는 나에게 줄 뼈다귀를

구하기 위해 도시를 다녀오는 사람이니까 그분 위에

올라타지 말아야 한다고 신신당부했다.

그 말에는 아마 무언가 다른 뜻이 더 있는 것 같다.

아가씨는 참 좋은 사람이야.

Good business.

Must remember always to do this.

Before leaving she kisses me

and explains that I should not have jumped

on poor Pa, as he is the man

who goes to the City to earn bones for me.

Something in that, perhaps.

Nice girl.

2:00~3:15.

뒷방에 있는 털 양탄자를 죽이려 했다.

하지만 여의치 않았다.

3:15~3:45.

골이 났다.

2:0 to 3:15.

Attempt to kill fur rug in back room.

No good.

3:15 to 3:45.

Sulked.

3:46.

꼬마 아들 녀석이 들어오더니 나를 때렸다.

나도 그를 물려고 대들었다.

난 동네북이 아니란 말이야!

3:46.

Small boy comes in, and strokes me.

I snap at him.

I will notbe every one's plaything.

3:47~4:00.

털 양탄자를 죽이려고 다시 한 번 시도했다.

냄새 나는 브라운 아줌마가 들어와서

방해하지만 않았어도 이번에는 성공했을 것이다.

3:47 to 4:0.

Another attempt to kill rug.

Would have done it this time,

had not that odious Aunt Brown come in and interfered.

나는 아무 말도 하지 않았지만,

"언젠가는 당신을 손봐주겠어"라고

말하려는 듯한 눈빛으로 아줌마를 째려보았다.

알아들었을 것이다.

I did not say anything,

but gave her such a look,

as much as to say,

"I'll do for you one day."

I think she understood.

4:00~5:15.
잠이 들었다.

4:0 to 5:15.
Slept.

식욕

5:15.

몹시 가려워 잠에서 깨버렸다.

5:15.

Awakened by bad attack of eczema.

5:20～5:30.

다시 잠들었다.

5:30.

가려움 때문에 또 깨버렸다.

벼룩 한 마리를 잡았다.

5:20 to 5:30.

Slept again.

5:30.

Awakened again by eczema.

Caught one.

5:30～6:00.

침을 흘리며 카나리아를 쳐다보자
그 녀석이 놀라서 어쩔 줄 모른다.

5:30 to 6:0.

Frightened canary by staring
greedily at it.

6:00.

부엌으로 가서 뼈다귀 몇 개를 발라 먹었다.

6:0.

Visited kitchen-folk. Boned some bones.

6:15.

부엌으로 가는 통로에서 고양이 한 마리에게
살금살금 접근했다.
다른 겁쟁이 새끼 고양이들은 달아나버렸다.

6:15.

Stalked a kitten in kitchen-passage.
The other little cowards
ran away.

6:20.

상황이 더 좋아 보인다.

고양이에게 잡힌 생쥐를 탈출하도록 도와주었다.

6:20.

Things are looking brighter:

helped mouse escape from cat.

6:30.

응접실을 지나 위층으로 올라갔다.

브라운 아줌마의 침실 문이

나를 기다렸다는 듯이 열려 있다.

그래서 기꺼이 들어갔다.

지금까지 한 번도 들어가 본 적이 없었다.

들어가봤더니 별거 없었다.

모자에 꽂혀 있는 꽃 몇 송이를 쓱싹했다.

맛이 없다.

6:30.

Upstairs, past the drawing-room.

Door of old Mrs. Brown's bedroom open invitingly.

I entered. Never been in before.

Nothing much worth having.

Ate a few flowers out of a bonnet.

Beastly.

브라운 아가씨 방으로 들어갔다.

아주 깔끔하게 정돈되어 있다.

'최고급 과자'라는 문구가 새겨진 팩을 발견했다.

정말 괜찮다.

아름다운 방이다.

Then into Miss Brown's room.

Very tidy when I entered.

Discovered there packet labelled

"High-class Pure Confectionery."

Not bad.

Pretty room.

High-Class
PURE
CONFECTIONERY

7:00.

아래층으로 내려갔다.

저녁밥을 먹었다. 그리 맛있지는 않았다.

오늘 식사는 여기서 끝이다.

7:0.

Down to supper.

Ate it, but without much relish.

I am off my feed to-day.

7:15.

그래서 새끼 고양이의 저녁밥을 뺏어 먹었다.

사람들이 고양이들에게

그 지겨운 생선을 주지 않으면 좋을 텐데.

정말이지 질릴 것 같다.

7:15.

Ate kittens' supper.

But I do wish they would not give them

that eternal fish.

I am getting sick of it.

7:16.

마당에서도 매한가지였다.

7:16.

Sick of it in the garden.

7:25.

갑자기 아무것도 하기 싫은

지독한 무기력함이 몰려왔다.

그래서 나는 그냥 조용히 있기로 마음먹고는

부엌의 난롯가에 누웠다.

가끔 보면 나는

예전의 내가 아닌 것처럼 느껴진다.

7:25.

Nasty feeling of lassitude comes over me,

with loss of all initiative,

so I decide to take things quietly,

and lie down by the kitchen fire.

Sometimes I think that

I am not the dog that I was.

8:00.

오, 예! 식욕이 돌아오고 있다.

8:01.

너무 배고프다.

8:0.

Hooray! Appetite returning.

8:1.

Ravenous.

8:02.

내가 본 것들 중에
가장 좋은 석탄 한 조각을 먹었다.

8:2.

Have one of the nicest pieces of coal
I have ever come across.

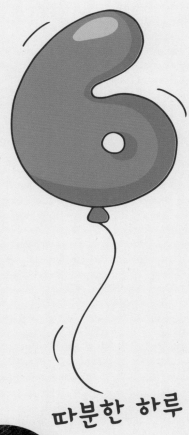

따분한 하루

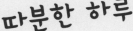

8:05.

부엌을 한 바퀴 둘러보다가

양파 한 조각과 모조 거북이 등딱지 빗,

새우 (거의 통째로) 한 마리,

끔찍한 냄새가 나는 빵 한 덩어리,

거의 50센티 길이의 끈을 발견했다.

나는 석탄 다음으로 끈을 가장 좋아하는 것 같다.

가족들은 내가 얼마나 많은 끈을 물어 가는지

알고 있었다.

8:5.

Nose around the kitchen floor,

and glean a bit of onion,

an imitation tortoise-shell comb,

a shrimp (almost entire),

an abominably stale chunk of bread,

and about half a yard of capital string.

After coal, I think I like string best.

The family have noticed what a lot of this I stow away,

하루는 브라운 아저씨가 말하길,
내가 항상 끈의 한쪽 끝을 입에 물고 있으면
나를 상자로 쓰면 되겠다고 한 적도 있다.
물론 그런 농담을 할 만한 일은 아니지만.
어쨌든 내가 듣기엔 우스꽝스러웠다.

and it was not a bad idea of young Mr. Brown's,
the other day, that,
if I had the end of a piece of string always
hanging from my mouth,
they could use me as a string-box.
Though it is scarcely a matter for joking about.
Still, it made me laugh.

8:30.

다른 사람들에게 의지해서만 살아야 한다면

아마 굶어죽을 것이다.

다행히도 나는 복도에서 우연히 당밀 푸딩을 발견했고

가장 먼저 먹어볼 기회를 얻었다.

나는 당밀을 핥아먹고 기름 덩어리(suet; 소·양 등의

콩팥 주위에 있는 기름으로 조리용으로 쓰인다)는

가족들을 위해 남겨놓았다.

최고닷!

8:30.

If one had to rely on other people

one might starve.

Fortunately,

in the hall I happen on the treacle-pudding,

and I get first look in.

Lap up the treacle,

and leave the suet for the family.

A1.

8:40.

부엌으로 다시 내려갔다.

불 옆에 앉아서는 당밀 푸딩이 어떻게 생겼는지도
모르는 척을 했다.

하지만 비열한 고양이가 거기 있었고,

우월감에 도취된 기분 나쁜 눈빛으로

나를 계속 쳐다보았다.

8:40.

Down into the kitchen again.

Sit by the fire, and pretend I don't know
what treacle is like.

But that vile cat is there,

and I believe she guesses—keeps looking round
at me with her hateful superior look.

그 고양이를 혼쭐내주자.

네가 무슨 자격으로 그렇게 뽐내고 있지?

몸집은 내 절반도 안 되는데다가

세금도 내지 않는다.

그 잘난 체하는 고양이의 기를 꺾어놓자.

그냥 완전히 당황스럽게 만들어놓자.

Dash her,

what right has she got to give herself such airs?

She's not half my size,

and pays no taxes.

Dash her smugness.

Dash her altogether.

그 고양이를 보는 것만으로도 화가 났고,

등을 돌리고 있을 때

달려들어서 그 자식을 깨물었다.

그 교활한 겁쟁이가 꼬리를 흔들며

좋아하는 척을 하기에

내가 다시 똑같이 해주었더니,

갑자기 나를 공격하여 발에

피가 나도록 악랄하게 할퀴었다.

The sight of her maddens me—and,

when her back is turned,

I rush at her, and bite her.

The crafty coward wags her tail,

pretending she likes it,

so I do it again,

and then she rounds on me,

and scratches my paw viciously, drawing blood,

나는 고통을 참지 못해 울부짖었다.

이 소리를 들은 브라운 아가씨가 황급히 내려왔다.

그녀는 나에게 키스해주었고,

고양이에게 못된 녀석이라고 혼을 내주고는

나에게 설탕을 주었다.

and making me howl with pain.

Miss Brown down in a hurry.

She kisses me,

tells the cat she is a naughty

cat (I'd have killed her for it),

gives me some sugar,

그리고 빵으로 만든 습포제(bread-poultice;
끓는 물에 적신 빵으로 만든 찜질약)로
발을 감아주었다.
주여, 그녀가 저를 얼마나 사랑하는지
모르겠습니다!

and wraps the paw up
in a bread-poultice.
Lord, how that girl loves me!

9:00.

발에 감은 빵 습포제를 그냥 먹어버렸다.

9:0.

Ate the bread-poultice.

9:15.

졸음이 밀려오기 시작한다.

9:15.

Begin to get sleepy.

9:15~10:00.

잠깐 눈을 붙였다.

9:15 to 10:0.

Dozed.

10:00.

내 집으로 들어갔다

10:0.

Led to kennel.

10:15.

불을 껐다.

이렇게 해서 따분한 하루가 저물었다.

10:15.

Lights out.

Thus ends another dernd dull day.